ROKU - BEST MANGA | Pubblicazione mensile - Gennaio 2015
In attesa di autorizzazione del tirbunale di Milano
Direttore Responsabile: Tito Faraci

Storia e disegni: AYA SHOUOTO
Traduzione: Roberta Tiberi
Editing: Valentina Ghidini
Lettering: Aurora Casaro
Stampa: Grafiche Ambert, Verolengo, (TO)

Edizioni BD srl
via Moncucco 20/22
20142 Milano
www.edizionibd.it www.j-pop.it www.gpmanga.it
info@edizionibd.it ciao@gpmanga.it

FRUSH
ACCI-
DENTI...
SEMBRA
PROPRIO
CHE DEBBA
INTERVENI-
RE IO.
CONTINUA SUL NUMERO 7!

HANNO SOLO VACILLATO UN PO'.
LAG-GIÙ...
...SI SO-NO RAG-GRUPPATI MOLTI LU-NATICI.
LORD AKI, UC-CIDIAMO-LI TUTTI.
...
SÌ.

DAN
AH, SCUSA!
WOSH
...
AH... ALLORA LEI...
EHP!
EHP!
SEMBRE-REBBE DI SÌ...
SU, ANDIAMO!
IL NOSTRO PASSATO NON È SCOMPARSO...
LE PROMESSE...
I LEGAMI...
LE PREGHIERE...
L'AMORE...
SONO
NCORA.

DOVE CREDETE DI ANDATE VOI DUE?
È OVVIO, NO?!
DA AKI.
ANCHE SE ANDATE VOI...
PER QUESTO VIENI ANCHE TU, SWALLOW!
TI PREGO!
EH...
TOUCH
EH?!

UN MOSTRO SENZA ANIMA...
...CHE SI AGGIRA RI-PULENDO...
TAP
TAP
...I DINTORNI DELLA CASA "DELLA SUA RAGAZZA".
È PROPRIO TRISTE CHE LUI STES-SO NON LO CAPISCA.
SWAL-LOW!
CANA.

TAP
CHE STAI FACENDO?
WRAM
...
BAH...
CHISSÀ CHE STO COMBINANDO?!
PERDUTO IL CENTRO...
PERDUTO IL CUORE...
...VAGA SENZA META NELLE TENEBRE...

10 giorni fa da
CERTO CHE NON SONO D'ACCOR-DO...
RISPOSTA
OGGETTO: senza titolo
本文
Proteggi Cana, mio cane.
10 giorni fa da: AKI
DASH
NON C'ERA BI-SOGNO DI CHIAMAR-MI CANE!
TUP

MA SEMBRA CHE ABBIA PERDUTO QUALCOSA DI IN-CREDIBILMENTE IMPORTANTE...
LUI HA MANTE-NUTO LA PRO-MESSA, EPPU-RE...
...IO NON L'HO RIN-GRAZIA-TO.
DEVO SCUSARMI...
...PER COME L'HO CHIAMA-TO.

QUELLA VOLTA IO...
SOLO IN QUEL MOMENTO HO GRIDATO COME UN FRATELLO MINORE...
...NON SONO RIUSCITO A FARE NULLA...
TE LA RIPORTERÒ A OGNI COSTO...
PAROLA DI MOSTRO.
LUI MI HA DETTO COSÌ...
E POI...
TI HA RIPORTATA A CASA...
HA MANTENUTO LA PROMESSA.

FORSE È STRANO SOLO PERCHÉ È UN VAMPIRO?
TU...
LO SAPEVI, MASAYUKI?!
はぁ UFF
FIN DALL'INIZIO HO PENSATO FOSSE STRANO.
COME DIRE...
FA L'INSEGNANTE PRIVATO A DOMICILIO...
...PER LA JAPAN INDOOR ORGANIZATION...
NON SONO COSÌ PICCOLO DA CREDERE A UNA BUGIA SIMILE.
S... SCUSA...
ALLE TERME... HO VISTO MENTRE VENIVI RAPITA DA UNO STRANO INDIVIDUO MASCHERATO.
MOSTRO!

CHE STAI FA-CENDO?
ZASH
MA-SAYU-KI!
DOV'È LUI?
AKI?
C... CRE-DO SIA USCI-TO.
...
ULTIMA-MENTE È STRANO.
...
MAH...

COME PENSAVO, AKI È USCITO...
SSSH
GRIP
GRIP
ANCORA SANGUE...
STRUSH
STRUSH
STRUSH
È INUTILE, AKI ORMAI MI HA DIMENTICATA...
AH
ALLORA, IO...
CANA...

LA STIGMA CHE NON È SCESA ANCORA SU NESSUNO!
SONO VENUTO PERCHÉ MI È STATO DETTO DA TSUBAKIIN DI RAGGIUNGERE QUESTO SCOPO INSIEME A LORD AKI.
ORMAI NON È MEGLIO CHE IO SIA ANCHE IL SUO DEALER?
QUESTA SERA ANDREMO A CACCIA PER LA CITTÀ.
WASH
MEZZA ALA, CANE... CIBO...
VOI NON POTETE FARE NULLA, QUINDI...
...NON INTRALCIATE LORD AKI E ME.

SAREBBE STRANO SE NON RISENTISSERO DELL'EFFETTO DEL BELLISSIMO SANGUE DI LORD AKI!
LUNATISMO... UNA COSA SIMILE A SCUOLA?
FINORA AKI AVEVA REGOLATO IL SUO INFLUSSO CON L'IPNOSI...
LA NERA DISCORDIA RICHIAMATA DA AKI...
UH! UH...
DI QUESTO PASSO PROBABILMENTE RAGGIUNGEREMO L'OBIETTIVO DENTRO LA SCUOLA.
CREANDO CONFUSIONE...
...FAREMO INCARNARE...
...L'ULTIMA STIGMA.

CHE HAI FAT-TO?!
IN IN-FER-ME-RIA!
RATTLE
RATTLE
NO... NO! NO... NO! NO...
KIRITO E QUELLA DONNA...
NON... VOGLIO!
GIOVANI PIE-NI DI DESIDERI STIPATI IN QUE-STA SCATOLA...

QUELL'APPELLATIVO NON È CORRETTO...
INFATTI NON FACCIO SOLTANTO PREVISIONI, TUTTO CIÒ CHE HA A CHE FARE CON LA VISTA SEGUE LA MIA VOLONTÀ...
CHIAROVEGGENTE...
...E SEMBRA CHE TU LO SAPPIA.
È DA PRIMA CHE TIENI GLI OCCHI CHIUSI!
...
SEMBRA CHE LORD AKI SI COMPORTI COME SUPPOSTO DA MISHIO.
PARE TORNATO QUELLO DI UN TEMPO, NE SONO FELICE...
QUELLO DI UN TEMPO...
AH!!
CERTO... È DIVERSO DA QUELLO CHE È STATO FINORA...
EH?!
KYAAAH!

WASH
TU... FINO A POCO FA ERI DI SOTTO...
EH?! SEI ANCHE LÌ?
QUELLO È IL MIO CORPO REALE...
QUESTA È UN'APPARIZIONE...
...OTTENUTA USANDO I VOSTRI OCCHI.
IL POTERE DI MATERIALIZZARE ILLUSIONI...
EMIL IL "CHIAROVEGGENTE".

LUI È UNO DEGLI TSU-BAKIIN CON SUPER PO-TERI.
TAP
SWAL-LOW.
PROBABIL-MENTE IL SUO VERO OBIETTI-VO È SOR-VEGLIARE L'"ATTUALE AKI"...
EVA NON PUÒ PARTECI-PARE AL GIOCO.
CI HANNO MANDATO UNA VE-RA SECCATURA.
INSOMMA, È PERCHÉ TU COME DEALER SEI INU-TILE.
EHI, LORD AKI, DOV'È LA BIBLIOTE-CA?
SÌ, CERTO...
AKI È MOLTO SENSIBILE A TIPI DEL GENERE.

PARTE-CIPO AL GIOCO...
...IN QUALITÀ DI DEALER DI EVA.
MI RACCO-MANDO, SCHIAVA DI LORD AKI.
!
QUEL-LA DONNA È SEMPRE UGUALE, NON IMPA-RA MAI.
...
CHE COS'È QUE-STA STRANA SENSAZIO-NE?!
EC-CO...
SONO INSO-LITAMENTE AGITATA...
INOLTRE CO-SA VUOL DI-RE CHE QUEL PICCOLETTO È UN DEA-LER?
SEM-BRA UN EMERITO INCAPA-CE!

SÌ...
... EVA.
TU SEI CANA?
?
EH
IO SONO EMIL FLO-RESCU.
PIACERE DI CONO-SCERTI.

AKI KIRITO È IL MIO FI-DANZA-TO.
EEHH?!
AAH?!
KYAAAH!
EEHH?!
BLA
BLA
AH, È PER QUE-STO...
...CHE AKI È VENUTO A SCUOLA.
STUMP
EHI, AKI, DOPO MO-STRAMI LA SCUOLA.

RATTLE
RATTLE
GRR
COSA?!
LA SUCCUBA!
PIACERE!
EVA?!
TAP
TAP
CHE CI FA EVA A SCUOLA?
BLA
BLA
STRANIERI!
È BELLISSIMA...
PARLANO GIAPPONESE?
BLA
ZAS
PROF...
QUEL POSTO ANDRÀ BENE...

ÎMI PARE BINE!
PIACERE!
SIAMO EVA WALACHIA E...
...EMIL FLORESCU.
LIETO DI FARE LA VOSTRA CONOSCENZA.

AKI...
B... BUONGIORNO.
...
CHE BELLO...
BLA
BLA
È VENUTO A SCUOLA.
MA PERCHÉ ALL'IMPROVVISO...
SU...
FATE TUTTI SILENZIO.
SKRANG
OGGI VI PRESENTO GLI STUDENTI DEL PROGETTO DI SCAMBIO CULTURALE.
ZASH

SEI TRISTE, CHE HAI?
RIE...
ALL'APPUNTAMENTO DELLA SCORSA SETTIMANA HAI LITIGATO...
...CON AKI KIRITO?
ZAM
EH?!
C... CHE DICI?!
DA ALLORA LUI NON VIENE A SCUOLA E HO PENSATO FOSSE PER QUELLO.
MI STA ANTIPATICO, MA...
...SEMBRAVA PROPRIO CHE NON VEDESSE L'ORA DI USCIRE CON TE.
FATE SUBITO PACE.
NON CHE FACCIA IL TIFO PER VOI!
POTRESTI SPOSTARTI?
SKRANG
EH?!

SLAM
AKI MI FA PAURA...
SEN-TI-TE...
L'AL-TRA SE-RA, DI NUO-VO...
UNA MONTAGNA DI CADAVERI DI ANIMALI DI GROSSA TAGLIA TIPO CANI RAN-DAGI...
BLA
DI NUO-VO?
BLA
C'È UNA PERSONA CHE HA VI-STO UN UO-MO SVENUTO COPERTO DI SANGUE, LÀ DIETRO.
TUTTO IN QUE-STA ZO-NA...
È DA UNA SET-TIMA-NA...
NON VA, NON DEVO PREOC-CUPARMI PRIMA DEL DOVUTO...
PERÒ QUELLE CHIACCHIE-RE RIGUAR-DANO AKI...
CANA...

TAP
AKI, CHE TI È SUCCESSO?
SEI FERITO? STAI BENE...
SÌ.
NON È SANGUE MIO... CHE LORDURA.

...PER AC CORCIAR LE DISTA ZE CON A CHE NON PIÙ CHI S NO IO.
GRAZIE DI AVERMI ACCOMPAGNATA, JIN.
CANA, SENTI...
CHE C'È?
GRAB
NIENTE...
A DOMANI.
SLAM
SONO TORNATA.
GULP

AH!
MALEDETTO AKI...
...
SEMBRA CHE DORMA PER LA MAGGIOR PARTE DEL GIORNO...
E LA SERA... ESCE TUTTE LE NOTTI.
È PASSATA UNA SETTIMANA DA QUANDO MI HA CACCIATA DALLA STANZA MENTRE SI STAVA NUTRENDO...
OLTRE A NON PARLARMI, MI EVITA PURE.
FORSE QUANDO MI VEDE... SI CONFONDE.
NON SO COME FARE...
NON CI SI PUÒ FAR NULLA...

...AKI NON È TORNATO DA ME.
WHUP
AH...
È DURA DISTRICARSI FRA GLI IMPEGNI E LE ATTIVITÀ DEL CLUB STRAORDINARIO ACCUMULATE IN UN MESE.
GIÀ.
GRAZIE, JIN.
TAP
NON È CHE NON VIENE PER LASCIARE A NOI TUTTE LE SECCATURE?!
QUEL TIPO...

HAI RESTITUITO CANA AD AKI IN CAMBIO DELLA STIGMA DELLA LUSSURIA?
SÌ.
IL COMPENSO PER LA PERDITA DI QUELLA STIGMA È "L'OBLIO DELLA PERSONA PIÙ CARA"...
CON QUESTO L'ATTACCAMENTO DI LORD AKI PER QUELLA RAGAZZA DOVREBBE ESSERE STATO SPEZZATO...
HO RITENUTO CHE IL RISULTATO SAREBBE STATO QUELLO SPERATO DA SUA ECCELLENZA.
...
NON CREDO SARÀ COSÌ FACILE.
INFATTI...

MOONPHASE 27

IL FRANCO CACCIATORE

QUESTO COME SI PUÒ
CHIAMARE SE NON
MORTE?

SMILE
PERCHÉ RIDI?
NIENTE.
CHE STRANO...
I VAMPIRI NON DOVREB-BERO ESSERE IMMORTALI?
DAVVE-RO?
EPPURE "IO" NON POTRÒ MAI PIÙ FARTI RIDERE...

E COSÌ FACENDO...
...DALLA PERSONA VUOTA CHE ERO...
...SONO DIVENTATO CIÒ CHE SONO.
DOMANI È FESTA, CHE FACCIAMO?
...
BE', SE IL TEMPO SARÀ BELLO POTREMMO FARE LE PULIZIE.
SE PERÒ I MIEI SENTIMENTI FOSSERO AZZERATI...
...ANCHE SE MI INNAMORASSI ANCORA DI TE...
...QUELLA PERSONA SAREBBE DIVERSA, NON SAREI PIÙ "IO".

SHAAA
PASSANDO TANTO TEMPO INSIEME...
...MI SONO INNAMORATO DI TE.

VENIRE A SAPERE IN QUESTO MODO...
...DI ESSERE IL TUO PIÙ GRANDE AMORE...

"IL PREZZO DA PAGARE PER LA STIGMA DELLA LUSSURIA È DIMENTICARE COMPLETAMENTE LA PERSONA PIÙ AMATA"...
HA DIMENTICATO TUTTO...
NON SO SE ESSERE TRISTE...
...OPPURE NO...

GWITCH
GLUC!
GLUC
AH...

OCCHI FREDDI E IRRESISTIBILI...
PIÙ DI COSÌ NON...
WHUP
GWIP
SEI PROPRIO UNA SCHIAVA STUPIDA.

SPO-
GLIATI.
EH...
AH...
VUOI
OFFRI-
RE...
TU-TUM
...SANGUE
AL TUO PA-
DRONE
CONCIATA
COSÌ?
...
VA
BENE.
FRUSH
IL MIO
CORPO... SI
MUOVE DA
SOLO...

ANCHE SE...
...NON È AFFATTO BELLO...
"UNA NIKE"...
"SEI ROTTO ANCHE TU?"
"SEI PERFETTO PER ME".
DA QUEL GIORNO...
CHE STAI FACENDO?

CERTO CHE NON LO SO-NO...
PER TE VA BENE?
HAI LA FACCIA DI UNO CHE NON È D'AC-CORDO.
TAP
...
DOVREBB-BE... AN-DARMI BENE...
IN QUAN-TO DEA-LER...

NON CREDEVO CHE L'INCANTO DELLA SCHIAVA FOSSE COSÌ FORTE.
GOSH
NON CE LA FACCIO, NON RIESCO A STARE IN PIEDI.
NON RIESCO A GUARDARE QUEGLI OCCHI...

SONO SOLO UN PO' SORPRESA, MA...
PER ME NON C'È PROBLEMA.
SLAM
GIÀ, SONO SOLO UN PO' SORPRESA...
FUSH

COSA?
ESISTE PER QUESTO, NO?
TOGLITI.
SBAM
WAH!
MALE-DET-TO...
JIN, FERMO! TI SBAGLI.
ZUN

GULP
AH...
...
IO...
"SCHIAVA"...
AKI!
FINISCILA!
GRAB
NON CHIA-
MARE CA-
NA COSÌ,
POVERINA!

NIEN-
TE DA
FA-
RE...
TAC
MUOIO DI
SETE...
VIENI,
SCHIAVA.

SANTO CIELO, QUANTO DISTURBO PER UN PO' DI CIBO.

EHI, AKI!
NON CHIAMARMI PER NOME, CANE.
...
LORD AKI...
GULP
NON HAI UN BEL COLORITO.
TI SEI STANCATO PER L'AZIONE A TSUBAKIIN?
AAH ...
È VERO, SONO TORNATO A TSUBAKIIN...

MI SPIACE DISTURBARE LE VOSTRE CHIACCHIE-RE.
AKI...
TI SENTI BENE?
SWISH

PERCIÒ IO...
...VOGLIO PROTEGGERE AKI...
NON SOLO ESSERE PROTETTA...
MA...
IO NON POSSO FARE NULLA...
MA NON È SOLO QUESTO...
FRUSH
BASTA COSÌ...
IO TI HO FERITO CON LA MIA SOLA PRESENZA.
NON È COLPA TUA.

A QUESTO SCOPO TI IN-SEGNERÒ A USARE I TUOI POTERI.
MI RAC-COMAN-DO.
AFFINCHÉ UN GIORNO AKI POSSA AB-BANDONARE QUEL SUO TRISTE MO-DO DI VIVE-RE...
... CHE SEM-BRA DETTATO DAL DESIDERIO DI ANNIENTAR-SI DA SOLO.

IO...
...QUANDO ERO A TSUBAKIIN HO FATTO UNA PROMESSA A INORI.
ASCOLTAMI BENE, CANA. ADESSO ANCORA NON POSSO SPIEGARTI PERCHÉ TI CHIEDO UNA COSA SIMILE, MA...
IL FATTO È CHE AKI È UN RAGAZZO CHE NON SI PRENDE CURA DI SÉ, PER QUESTO...
...VORREI CHE TU LO SALVASSI, CANA.

PERCHÉ?
DASH
"CI SIAMO INTESI"...
PERCHÉ LUI HA FATTO UNO SCAMBIO SIMILE DI TESTA SUA?!
SE L'AVESSI SAPUTO, L'AVREI FERMATO CON TUTTE LE MIE FORZE!
E POI?
FERMANDOLO CHE AVRESTI FATTO? AVRESTI DISTRUTTO E CONQUISTATO...
...IL PALAZZO IN CUI SI TROVA ERIYA? RIVEDI LE PRIORITÀ.
...
ORA NON È IL *TUO* TURNO PER GRIDARE.

COSÌ DOPO UNA SET-TIMANA LA TECNICA È STATA COM-PLETATA E ORA...
...COME RI-SARCIMEN-TO DELLA "LUSSU-RIA"...
...LORD AKI HA DIMENTI-CATO TUT-TO CIÒ CHE RIGUARDA CANA.

LA TRATTATIVA PROPOSTA DA LORD AKI È APPARENTEMENTE RAGIONEVOLE...
"RIAVRÒ LA MIA SCHIAVA PER UNA STIGMA E IL SUO INDENNIZZO"...
MISHIO NON AVRÀ RIFIUTATO...
L'OCCASIONE PER OTTENERE LA FORZA DI UNA STIGMA AVRÀ SOLLETICATO LA SUA AMBIZIONE...
SOPRATTUTTO PERCHÉ QUELLA...
...È UNA PARTE DEL CORPO DI ERIYA, IL SUO AMATO VERO PADRONE.

LA CONDIZIONE È CHE IN UNA SETTIMANA...
...PER EVITARE PESI INUTILI A ENTRAMBI I CORPI...
COME UN SERPENTE CHE RIPONE LA PREDA NELLO STOMACO...
...CON UNA TECNICA CHE IMPIEGA TEMPO, TI CEDERÒ LA STIGMA.
IL VENERABILE TSUBAKIIN È COLUI CHE HA ORDINATO DI DIVIDERE CANA DA LORD AKI, MA...
...QUELLA VOLTA DISGRAZIATAMENTE ERA COSTRETTO A LETTO E IN QUEL FRANGENTE IL POTERE EFFETTIVO DEL PALAZZO ERA NELLE MANI DI MISHIO.

PROBA-BILMENTE È ANDATA COSÌ...
L'"ACCORDO"...
QUANDO SIAMO STATI A TSUBAKIIN, L'HA SCAMBIATA CON SUA ECCELLENZA...
ANZI, CON MISHIO, PER RIAVERE CANA.

COME QUAN-
DO SUZURAN
HA DIMENTI-
CATO KIMI-
KAGE...
È SOLO DI
ME CHE AKI
NON SI RI-
CORDA.
UH...
NON
PUÒ
ESSE-
RE...
HO
VERIFICA-
TO.
SUL PIEDE
SINISTRO DI
AKI LA STIG-
MA DEL-
LA LUSSURIA
NON C'È...

CHI SEI?
KIMIKAGE... CHI È?
QUELLA È LA MALEDIZIONE DELLA STIGMA DELLA LUSSURIA.

NON È POSSIBILE CHE NON SI RICORDI DI TE!
VADO A SVEGLIARLO COME SI DEVE A SUON DI PUGNI.
FERMATI.
IO...
CONOSCO LO SGUARDO CHE AVEVA AKI...
"CHE CI FAI QUI?"

DUNQUE...
AKI ORA DORME?
SÌ...
OGNI TANTO SEMBRA CHE SI SVEGLI, MA...
NON RIESCO A STABILIRE UN CONTATTO CON LUI.
GRAT
ぐしゃ
...
NON SARÀ SEMPLICEMENTE MEZZO ADDORMENTATO?

PERCHÉ RIDI?
NIENTE.
MOONPHASE 26
RAGAZZO E RAGAZZA - TOD

CE LA STO METTENDO TUTTA...
...PER REPRIMERLO.
AAH...
È PROPRIO COME AVEVA DETTO LUI...
SMILE
"L'AMORE NON SERVE"...
VORREI SEMPLICEMENTE RIUSCIRE A PROTEGGERTI.

TORNIAMO A CASA?
MOONPHASE 26
VOGLIO TOCCARTI...
IL MIO EGOISTICO DESIDE-RIO...
...DOPO CONTINUERÀ A FERIRTI...

He's my only vampire

Aya Shouoto

CHI SEI?
...
EH?

UH...
SCUSA, TI HO SVEGLIATO?
UH...
?
CHE CI FAI QUI?
EH... S... SEI ANCORA MEZZO ADDORMENTATO?!
GASP

WHUP
ZASH
MI... MI SONO ADDORMENTATA...
SCUSA, AKI... TI SI SARÀ ADDORMENTATO IL BRACCIO.
ZZZ
ANCHE AKI SI È ADDORMENTATO.
QUANDO DORME SEMBRA UN BAMBINO.

GRAB
SÌ...
NON C'È FRETTA...
ABBIA-
MO TANTO
TEMPO.

NON POS-SO...
AKI?
POSSO RESTARE COSÌ...
...FINO A DOMANI MATTINA?

ANF
ANF
CANA...
...
GRAB
SWISH
WAH!

SCOTTA...
IL CORPO DELLA TUA SCHIAVA È BOLLENTE...
MI TRAVOLGE...
ORA CHE SIAMO SOLI COSÌ...
CHE COSA POSSO DIRE?

ALTRIMENTI...
FRUSH
EH...
AKI?
SLURP
SLURP
DI' QUALCOSA...
EHI, AKI...

GLUC
GLUC
ADDEN-
TARMI
ALL'IM-
PROVVI-
SO...
GWITCH
AH...
RATTLE
RATTLE

TU SEI STUPIDO FINO A QUESTO PUNTO...
TOC
TOC
GNEEECK
AKI, SEI ANCORA SVEGLIO?
VOLEVO COPIARE LE FOTO DI OGGI.
CHE HAI FATTO?
GRAB

ZASH
CHE HAI
FATTO AL
PIEDE SI-
NISTRO?
...
GWIP

SHAAA
MI DAI LA NAUSEA.
UNO STALKER NON HA DIRITTO DI CRITICARE.
MI DISGUSTA CHE, FIN DA PICCOLO, NEI MOMENTI CRITICI DIVENTI STRANAMENTE ALLEGRO.
SHAAA
COME DIRE, TORNI BAMBINO...

TORNIAMO A CASA?
TI AMO...
POTRÒ DIRGLIELO ARRIVATI A QUESTO PUNTO?
SÌ...

CLICK
EH?! AKI, NON PUOI SORRIDERE UN PO' DI PIÙ?
IO HO SORRISO.
ANCORA UNA!
BASTA COSÌ.

"CANA, MI RAC-COMAN-DO."
NON VA BENE!
WASH
C'È ANCHE LA PROMESSA CHE HO FATTO A INORI...
GRAB
GRAB
SENTI, VI-STA L'OC-CASIONE FACCIAMO-CI UNA FO-TO INSIE-ME...
DAMMI.
ANCHE SE ORA GLI DICESSI UNA COSA SIMILE...
...TI AMO...
SOLO QUESTO.

TUMP
CHE HAI?! OGGI SEI SILENZIOSO...
DI SOLITO SONO COSÌ CHIACCHIERONE?
DICI UN SACCO DI CATTIVERIE...
QUESTO È PERCHÉ C'È QUALCUNO CHE È PIACEVOLE TORMENTARE.
ECCO, PROPRIO COSÌ...
PERÒ...
ERA DA TANTO CHE NON STAVAMO COSÌ TRANQUILLI.
SIAMO ANDATI ALLE TERME PER RILASSARCI, MA...
...
SI È TRASFORMATO PROPRIO IN UN LUNGO VIAGGIO.
GIÀ.
NON POTENDO VEDERLO PER UN MESE...
...HO RIFLETTUTO MOLTO SUGLI AVVENIMENTI PRESENTI E PASSATI...
ALLA FINE CIÒ CHE NE È RISULTATO È CHE...

SHAAA
VOLEVO PROPRIO VENIRE AL MARE!
SHAAA
È PIACEVOLE SENTIRE...
MMH...
...IL VENTO FRESCO DELLA SERA SUL CALORE DI TUTTE QUESTE EMOZIONI ...
PERÒ È ANCORA PRESTO...
VORREI TORNARE DI NUOVO IN ESTATE.
CLICK
NON FARE SOLO FOTOGRAFIE, VIENI ANCHE TU, AKI.
NO, MI ENTRA LA SABBIA NELLE SCARPE.
BASTA CHE TE LE TOLGA.
NON POSSO FARLO.

UN MODELLO?
CLICK
VEDI?
QUESTO NON VA AFFATTO BENE!
ANDIAMO IN UN POSTO DOVE NON C'È NESSUNO?
SÌ.
AKI ATTIRA L'ATTENZIONE...
ME NE ERO DIMENTICATA.
SHAAA
CHE MERAVIGLIA!
IL RETRO DEL CENTRO COMMERCIALE DÀ DIRETTAMENTE SUL MARE!
SEMBRA UN RESORT!
EHI, AKI, SCENDIAMO?
FA ANCORA TROPPO FREDDO.
SOLO UN ATTIMO!

WASH
NON RENDERMI PIÙ CONSAPEVOLE DI COSÌ!
AKI...
CLICK
ZASH
EH?
SMILE
HO FOTOGRAFATO LA FACCIA CHE HAI FATTO.
EH?! AKI, DA QUANDO HAI IL CELLULARE?
DA QUANDO SIAMO TORNATI, MA NON CI SONO ANCORA ABITUATO.
QUANDO MI FOTOGRAFI, DIMMELO!
CHE VERGOGNA...
DAVVERO? È DA PRIMA CHE CI FOTOGRAFANO SENZA CHIEDERCELO E PENSAVO ANDASSE BENE.
EH?!

MI SENTO IMBARAZZ UFFA.
BLINK
SCUSA, ANCHE SE TU NON PUOI FARE LO STESSO, IO STO MANGIANDO.
VA BENE, NON FARCI CASO.
POSSO PURE BERE.
MI DIVERTO A GUARDARTI MANGIARE.
EH?
DAI, DAMMI IL LAMPONE CHE C'È IN CIMA.
AH, SÌ.
GNAM

QUANDO SIAMO COSÌ, NOI DUE DA SOLI...
"TU SEI INNAMORATA DI ERIYA."
QUELLA COSA...
A QUESTO PUNTO POTRÒ PARLARNE? È MEGLIO CHE GLIELO DICA?
NON HO CHE QUESTO CHE MI RONZA IN TESTA.

PER NON PERDERCI.
ANDIAMO.
NON POSSO NON PENSARE...
...CHE QUESTO...
...SEMBRA UN APPUNTAMENTO.

AKI È DAVVERO VOLUBILE.
AH, INCREDIBILE, CHE GRANDE!
SEA SIDE MALL
VA BENE UN POSTO SIMILE?
VOGLIO COMPRARE UN PIGIAMA NUOVO PER MASAYUKI!
SUL MOMENTO NON MI È VENUTO IN MENTE NIENTE...
MA CHE COSA STO DICENDO?!
CAPISCO.
AKI È SCOCCIATO, SCOCCIATO!
NE PARLANO TUTTI! VOLEVO PROPRIO VENIRE AL NUOVO CENTRO COMMERCIALE.
EH... AH...
INSOMMA...
C'È MOLTA GENTE.
AH... TI INFASTIDISCE?!

ALLORA, OGGI DOVE ANDIAMO?
C'È QUALCHE CASO?
UH!
UH!
UH!
UH!
EH?!
PERCHÉ RIDI?!
NO...
NIEN-TE.
TI ACCOM-PAGNERÒ IN QUALSIA-SI POSTO TU VOGLIA AN-DARE.

CHE COS'È QUELL'ATTEGGIAMENTO DA FIDANZATO?
NON TI SARAI MESSA CON QUELLO, VERO, CANA?!
EHM... NON È COSÌ, MA...
AKI È VOLUBILE...
MASAYUKI, ESCO UN ATTIMO.
SSSH
CLANG
È DAL VIAGGIO ALLE TERME CHE MASAYUKI SI È RINCHIUSO DI NUOVO NELLA SUA CAMERA...
AKI E JIN DICONO DI LASCIARLO STARE, MA...
DASH
SCUSA IL RITARDO, AKI.

SHIRANUI, NON TI SEI FATTO VEDERE PER UN MESE, PENSAVO TI FOSSI RITIRATO!
NON MI SONO RITIRATO. AVEVO UN'EMERGENZA, QUALCOSA DA RIDIRE?
CHE... RIVOLGERSI COSÌ A UN PROF...
ANCHE JIN È STATO ASSENTE.
EHI, SENTI, CANA!
GIÀ CHE CI SIAMO, PERCHÉ NON FACCIAMO UNA FESTA PER IL TUO RITORNO?
MAGARI NEL FINESETTIMANA!
SKRANG
NON SI PUÒ.
NEL FINE SETTIMANA CANA HA UN IMPEGNO CON ME.
EH?

ED È RIPRESA PER NOI LA VITA DI TUTTI I GIORNI...
CANA!
GRAB
RIE!
AH, UFFA, SEI MANCATA PER UN MESE ALL'IMPROVVISO, MI SONO SPAVENTATA.
COME PENSAVO, RISULTO ASSENTE DA UN MESE.
AH... EHM...
GASP
BLINK
SEI ANDATA IN RUSSIA PER LA MALATTIA DI TUO PADRE, NO?!
AH! S... SÌ, SÌ.
BENTORNATA, CANA.
MA COME...
TRAMITE L'IPNOSI POTEVA RISOLVERE IL PROBLEMA DELL'ASSENZA, MA L'HA FATTO SOLO PER SE STESSO?!
NON VALE!
BRILL
GRR

...NOI CE NE SIAMO ANDATI DAL VILLAGGIO DI TSUBA-KIIN.
CANA, MI RACCO-MANDO.
SÌ.
CI SONO TANTE CO-SE CHE MI PREOCCU-PANO RI-GUARDO AI MIEI RI-CORDI DEL PASSATO...
...IN CUI MANCA ERIYA...
MA HO IL PRESENTI-MENTO CHE FRA NON MOLTO...
...TORNE-REMO DI NUOVO QUI.

DOPO UN MESE SONO STATA LIBERATA...
SIGNIFICA CHE AKI E MISHIO HANNO TROVATO UN ACCORDO.
CANA SI SAREBBE SENTITA SOFFOCARE SOTTO LA SORVEGLIANZA DI MISHIO NELL'ALA PRINCIPALE...
...E VISTO CHE AVEVA LE FORZE PER SCAPPARE, L'HO PRESA IN CUSTODIA NELLA MIA DEPENDANCE.
PER INGANNARE IL TEMPO LE HO INSEGNATO COME USARE I SUOI POTERI DI SCHIAVA.
TI RINGRAZIO PER IL DISTURBO.
DI NIENTE, È STATA MOLTO PIÙ AFFABILE DI TE, CHE SEI COSÌ TETRO.
WHOOO
WHOOO
SMILE
È UN PO' COME SE INORI FOSSE TUA "MADRE", AKI.
TAP
LA TUA FRASE NON È CORRETTA.
COSÌ...

MOONPHASE 25
RAGAZZO E RAGAZZA - LEBEN

IN REALTÀ...
ANCHE IO AVEVO TANTA, TANTA VOGLIA DI VEDERTI.
ANCHE SE...
AKI...
...IL TEMPO A NOSTRA DISPOSIZIONE...
...FOSSE MOLTO...

GRAB
PERDONAMI.

ORMAI NON POSSO PIÙ AMARTI CON PUREZZA...

NON RIE-SCO A ESSERE DOLCE...
DOLCE...
SLURP
TORNIA-MO... UN ATTIMO DAGLI ALTRI...
NO.
ZUSH
DECISA-MENTE...
AKI.
NGH...
SANGUE DOLCE E AMARO...

BEVI.
GWITCH
NGH... GH...
GLUC
AKI...
AH...
GLUC

HO FAME DI TE.
POSSO BERE?
?
WASH
E ME LO CHIEDI?!
ANF
CANA...

GRAB
A DOPO LE SPIE-GAZIO-NI...
VIENI, CANA!
DASH
S...
SEI ARRAB-BIATO?
TI SEM-BRA CHE LO SIA?

PAT
PAT
PAT
HAI DORMITO COME SI DEVE? HAI MANGIATO?
...
AH, IL TUO CIBO SONO IO, QUINDI NON HAI MANGIATO.
SCUSA.
CANA... SONO FELICE CHE TU STIA BENE...
PIUTTOSTO, CON LE FIAMME DI PRIMA...
HAI FATTO PROPRIO... PIAZZA PULITA.
FLAM
FLAM
JIN! SWALLOW!
HO FATTO BENE?
INORI!
DICIAMO ABBASTANZA BENE.
LE HO INSEGNATO A USARE I SUOI POTERI DI SCHIAVA NELLA MIA DEPENDANCE...
ZASH
OH, AKI, HAI UNA FACCIA TERRIBILE.
ORECCHIE!
CAPISCO, INORI... CERTO.

WHOOOM
CANA!
DASH
AKI!
SCUSAMI, HO FATTO TARDI.
STAI BENE? SEI PAL-LIDO.
...
BLINK

SCUSA IL RITARDO!

WHOOOM
FIAM-
ME...
...AZZU-
RE...

TU, CHE
HAI FAT-
TO... AL
PIEDE?
AH
AKI!
WHAM
TSK...
AKI?!
WASH

LA DESIDERO...
NON LA DESIDERO...
NON POSSO VOLERLA IN QUE-STO MO-DO...
ANF
LA VOGLIO.
AAH, SONO DAVVERO UNA BESTIA!
WOSH

WOSH
FARTI PRENDERE IL SANGUE QUANDO SEI IN QUESTO STATO...
TUMP
ORMAI NON MI FARÒ PIÙ CHIAMARE PERVERTITO.
DEVO... CERCARE CANA...
RATTLE
CANA...
...
CANA...
ANF

SBAM
CI SIAMO INTESI.
BENE!
MI HANNO DETTO CHE POSSO RIPORTARLA A CASA, MA...
SWISH
...SEMBRA CHE NON SIA DA NESSUNA PARTE NEL PALAZZO.
RATTLE
RIFLETTENDO, ANCHE LA COMBRICCOLA DI TSUBAKIIN NON SI VEDE...
QUESTO SIGNIFICA CHE CANA È IN UN ALTRO LUOGO.
LORD AKI!
AKI!

SBADAM
AH! NE SONO USCITI ALTRI!
MA È UNA CASA DEGLI ORRORI?!
È COLPA TUA, CALPESTI OGNI SINGOLA TRAPPOLA.
SBAM
QUESTA VOLTA L'HO COLPITA CON LA CODA.
OH, NO, NON LI AVETE ANCORA SISTEMATI?
TAP
!
A TE, PIUTTOSTO, COME È ANDATA?

LORD ERIYA...

STUPIDO...

INGINOC-
CHIATI...
...E TI
DARÒ
QUELLO
VUOI.
GGH...
COSA...
HAI
CAPITO,
VERO?

TU LO FAI APPOSTA...
FACENDO COSÌ VUOI FARE DI ME UN AVIDO CHE VENDE IL PROPRIO CORPO, EH?!
LO SO.
SE NON
AI COSÌ...
...HAI PAURA, VERO?!
MA SE È PER RIPORTARE A CASA CANA...
ALLORA TRATTIAMO CON QUELLA...
LORD AKI...
...
È A SINISTRA.

FINO AD ALLORA ERA TOC-CATO A ERIYA?
BASTA PARLARE.
TRATTIAMO.
IL COMPEN-SO PER IL TUO SAN-GUE SARÀ IN DENARO DEI MOR-TALI...
SCIOC-CHEZ-ZE.
COME È STATO FINO-RA.
FUSH

SUA ECCELLENZA SI È COMPLETAMENTE RISTABILITO...
NON FARTI STRANI PENSIERI.
UNA MALATTIA DA CUI SI GUARISCE USANDO IL SANGUE DI UN VAMPIRO PUROSANGUE...
HA INIZIATO A PRELEVARMI IL SANGUE DOPO QUELLA FESTA...

A PROPOSITO, HAI VENDUTO SOTTO BANCO IL MIO SANGUE AL BARONE, VERO?
L'HA PRESO QUEL MESCHINO DI TESTA SUA...
L'HA RUBATO DAL BICCHIERE DI SUA ECCELLENZA.
MI SONO SEMPRE CHIESTO CHE TIPO DI MALATTIA POTESSE ESSERE QUELLA DEL VENERABILE TSUBAKIIN...

MI SPIACE, MA SUA ECCELLENZA NON SI SENTE BENE E NON PUÒ VEDERE NESSUNO.
NEANCHE ME?
SPECIALMENTE TE...
L'ALTRO GIORNO SI È SFORZATO, MA NON DOVEVA.
DAL MOMENTO CHE NON L'AVEVO MAI SENTITO PARLARE DIRETTAMENTE, AVEVO IL SOSPETTO CHE FOSSE UNA BAMBOLA...
MI HA STUPITO VEDERLO COSÌ IN FORMA.
PERÒ...
DUNQUE...
ORA HA SENZA DUBBIO BISOGNO DEL MIO SANGUE.

TAP
MI SEMBRAVA CHE FUORI CI FOSSE CONFUSIONE...
ERI TU, AKI?
NON SEMBRA CHE TU ABBIA RIUNITO LE SEI STIGMATA.
SONO VENUTO A RIPRENDERE LA MIA SCHIAVA.
FAMMI INCONTRARE IL VENERABILE TSUBAKIIN.

ANCHE VOI NON SIETE COSÌ STUPIDI DA DARMI ADDOSSO PER DOVERE.
AMMIREVOLE.
AH! AH!
TAP
TAP
TAP
...
TU, PINGUINO, LAVORA!
HO CAPITO.
TAP
TAP

CERCATE CANA... NON È DETTO CHE LA "TRATTATIVA" VADA A BUON FINE.
VUOI DIRE CHE DOVREMO RAPIRLA?
BENISSIMO.
TI LASCIO SWALLOW COME GUIDA.
EEH?! LUI?
SWISH
VAI DA SOLO?
ANCHE TU DETESTI INCONTRARE SEMPRE MISHIO, NO?!
SÌ, BE', LUI NON MI PIACE.

AH, LÌ C'È UNA TRAPPOLA.
WHAM
DILLO PRIMA!
È CASA TUA, NO?!
NE HO PESTATA UNA ANCHE IO.
WHOOO
TU SISTEMALI, IO ENTRO.
SEI SERIO?!

BEN-TOR-NATO, LORD AKI.
SWISH
UHM?
NON MI DITE DI NON PASSARE?
TAP
OH, INCREDIBILE! "SERVITORI"?
AH!
CLICK

He's my only vampire

Aya Shouoto

MOONPHASE 24
LOVE ADDICT

MOONPHASE 24
I FRATELLI GEMELLI DI TSUBAKIIN DI SETTE ANNI FA...
IL VILLAGGIO NASCOSTO DEI VAMPIRI PUROSANGUE... E LA TRAGEDIA...
CANA...
ERIYA È VIVO.
TU POTRAI SPEZZARE...
...QUESTO DESTINO?

BENTOR-NATO, LORD AKI.
AKI...
ALLORA...
...TI SVEGLIERAI DA QUESTO DOLCE SOGNO DI MORTE?

EHI, AKI, STAREMO SEMPRE INSIEME...
FUSH
CREEE
!
...
LORD AKI...
DASH
DITE AL VENERABI-LE TSUBA-KIIN CHE...
...AKI KIRITO È TORNATO.

VA BENE...
ALLORA, ANDIAMO?
C'È ANCORA UNA DOMANDA A CUI NON HAI RISPOSTO...
SE LA VERITÀ CHE CI ASPETTA...
...È PROPRIO QUELLA CHE TU TEMI...
E QUESTA COSA NERA?
VECCHIE TRACCE DI SANGUE.
GGH!
ALLORA...
ALLORA...
AKI...
ZAM
BENTORNATO, AKI.
IO E TE SIAMO FRATELLI GEMELLI.

DA QUI IN POI SIAMO NEL TERRITORIO DI TSUBAKIIN.
SWALLOW.
ANCHE SE CANA DOVESSE ODIARMI O AVERE PAURA DI ME...
...IO LA PROTEGGERÒ E BASTA.
NON CHIEDERMI PIÙ NULLA.

ASPETTA, NON CHIUDERE LA BARRIERA!
AH, HA INFRANTO LA BARRIERA ED È USCITA PROPRIO AL MOMENTO GIUSTO...
SARÀ TUTTO MERITO DELL'ESCA ECCELLENTE.
ESSERE IPNOTIZZATA DAL PROPRIO FIDANZATO... POVERINA.
LE SERVIRÀ DA LEZIONE.
CHE MASCALZONE!
DUNQUE...
FRUSH

WOOOOOH
PERÒ...
TI SONO RICONO-SCENTE, MIA PRO-MESSA.
WOSH
ZAZASH
MI HAI IPNOTIZ-ZATA DI NUOVO?
DICIAMO CHE SEI SCAPPATA DI CASA PER UN PO'.
EH?!

TU SOT-
TOVALUTI
TROPPO I
VAMPIRI.

COME VUOI!
SQUALG
KYAAAH!
UH! UH!
TI DIVERTI A GIOCARE ALLE BAMBOLE?
CRA
AKI...
GRR
MI HAI INGANNATA?!
INGANNATA?

AKI...
GLI SCOCCIATORI SONO ORMAI SISTEMATI.
HO ASPETTATO A LUNGO QUESTA OCCASIONE... MI CHIAMANO LA "DONNA MALEDIZIONE DEI DEBOLI".
AAH, UFFA...
VOGLIO GUARDARE CON MOLTA PIÙ CALMA IL TUO BEL VOLTO CONTORCERSI...
EVA...

GUARDATE CHE LE BAMBOLE NON SONO MICA FINITE QUI!
BLOP
BLOP
UGH... MA QUANTE SONO?!
BLOP
CAPISCO, È LA.
INCREDIBILE...
ASCOLTAMI BENE, CANE.
NON SONO UN CANE!
SFONDEREMO AL CENTRO E...
...PASSEREMO ALLE LORO SPALLE.

WRAM
SONO INASPETTATAMENTE FRAGILI! SONO PROPRIO OSSA!
VISTO?!
GNAM
GYAH!
TOGLILO, TOGLILO!
SONO MOLTI, NON POSSIAMO DISTRARCI.
SI FANNO BEFFE DI ME...
GRR

BLOP
CANI E UCCELLI...
...SONO DI TROPPO!
BLOP
BLOP
GASP
IH...
ZOMBI?!
MIE BELLISSIME BAMBOLE...
...DIVORATELI TUTTI!
WOOOH
DASH

*RIFERIMENTO ALL'OMONIMA FIABA GIAPPONESE IN CUI IL PROTAGONISTA SI ACCOMPAGNA A UN CANE, UNA SCIMMIA E UN FAGIANO (NDT).

!
EH...
TU SEI LA SUC-CUBA...
EVA!
CAPISCO.
?!
SEI ARRI-VATA PRO-PRIO AL MOMENTO GIUSTO!
TI RIFE-RISCI AL FATTO CHE ORA AKI È DEBOLE?
SEI...
...OLTRE-MODO AP-PETITOSO!

AGLI UCCELLI CHIACCHIERONI VIENE STRAPPATA LA LINGUA.
ZASH
OH, NO!
AKI, QUANTO SEI DEBOLE!

FRUSH
NON CE LA FACCIO. SONO UN PO' STANCO, MI RIPOSO.
AKI?
TU-TUM
PRIMA L'HO COLPITO TROPPO FORTE?
TU... SEI PROPRIO SICURO DI STARE BENE?
ANF
ANCHE SE CI FACCIAMO PRENDERE DALLA FRETTA, NON C'È NULLA DA FARE. E SEMBRA CHE ANCHE IO SIA AL LIMITE.
AAH...
NON RIESCO A MUOVERMI BENE.
QUESTO NON È DA TE.
HAI PAURA DI INCONTRARE CANA UNA VOLTA CHE LEI SAPRÀ LA VERITÀ?
OPPURE TEMI DI INCONTRARE L'ATTUALE VENERABILE TSUBAKIIN?

...È PASSATO QUASI UN MESE...
IN TUTTO QUESTO TEMPO AKI NON HA ASSAGGIATO NEMMENO UNA GOCCIA DI SANGUE.
INTENDI SENZA BERE SANGUE?
FONDAMENTALMENTE UN VAMPIRO PURO SANGUE È IMMORTALE, QUINDI...
AH, ALLORA NESSUN PROBLE...
SI INDEBOLIRÀ SOLTANTO, ROSO DAI MORSI...
...DI UNA SETE INIMMAGINABILE.
...
LUI... QUANTO PUÒ RESISTERE COSÌ?
FRUSH

FERMO, FERMO, FERMO, EHI, TU!
SOCK
UGH!
SAN-GUE...
CALMATI! IO NON SONO LA TUA SCHIAVA!
LO SO! QUESTA ERA UNA PROVA, UNA VISUALIZ-ZAZIONE!
SWISH
ANCHE SE POTESSI, NON BER-REI MAI IL TUO SAN-GUE.
DA ALLO-RA...

SE LO DICI APERTAMENTE, POTRAI CHIUDERE IL BECCO ADDIRITTURA A QUELLO ZUCCONE DI MISHIO.
È UN PO' CAVILLOSO.
NON IMPORTA, PROVIAMO ANCORA!
DASH
EHI, AKI...
IL PROBLEMA È CHE...
GRAB
?!

PER QUESTO...
DA QUANTO VERIFICATO ATTRAVERSO IL MIO NETWORK DI TENGU...
CHE ROBA È?! SEMBRA LOSCO!
...LA SESTA STIGMA NON È ANCORA SCESA SUL CORPO DI NESSUNO.
IN ALTRE PAROLE È ANCORA SOSPESA...
PER CUI ORA È IMPOSSIBILE RAGGRUPPARE LE SEI STIGMATA PERSINO PER TE.

SWALLOW, TU HAI LASCIATO FUGGIRE DUE PREDE SENZA ALZARE UN DITO...
TROVA UNA VIA D'USCITA.
SÌ...
QUEL GIORNO LA COPPIA DI ANGELI SE NE ANDÒ PRIMA DEL RISVEGLIO DI AKI...
...PER INVESTIGARE SUL CONVENTO MAGDALA DOVE STAVA ORIGINARIAMENTE CANA.
FINO A QUANDO NON SAPREMO LA VERITÀ, SOSPENDEREMO LE OSTILITÀ.
SPARIREMO PRIMA CHE LUI APRA GLI OCCHI.
NON PARLARE COME SE STESSIMO FUGGENDO, HITAKI...
IN QUANTO ANGELI EVITIAMO INUTILI SPARGIMENTI DI SANGUE...
AH, È VERO.
SEMBRA CHE ANCHE AKI SIA STATO COLTO ALLA SPROVVISTA DA QUESTA COSA E SI SIA UN PO' CALMATO, MA...

MI SEMBRAVA CHE UNA VOLTA QUI CI FOSSE L'ENTRATA PER IL PAESE, MA...
ARGH!
HAI SBAGLIATO DI NUOVO?
NON VORREI SOTTOLINEARLO OGNI VOLTA, MA...
COME MAI SEMBRA CHE STIAMO CERCANDO UN TESORO?
INSOMMA, NON È UNO DEI RITORNI A CASA MIGLIORI, PERÒ...
...DIMENTICARSI LA STRADA È ASSURDO!
TUTTA LA ZONA DEL PALAZZO TSUBAKIIN È UN VILLAGGIO NASCOSTO E GLI INTRUSI SONO RESPINTI CON UNA SOLIDA BARRIERA.
PER QUESTO, ESSENDO SIGILLATE LE ENTRATE, NOTE A ME E LORD AKI...
...ONESTAMENTE NON CI RESTA CHE CERCARE UNO STRAPPO NELLA BARRIERA.
SE RIUNISSI LE SEI STIGMATA, SECONDO LE CONDIZIONI STABILITE, LORO MI INVITEREBBERO A ENTRARE.

NON PUOI SCAPPARE.
!
AKIII!
AH...
ANCHE QUESTA NON VA BENE.

CON CHE ANIMO AVRĀ VISSUTO QUESTI SET-TE ANNI?!
SE CI PENSO...
...MI SI STRINGE IL CUORE...
MI SONO RICORDATA...
IO ERO INNAMORATA DI AKI...
CLANG
FUORI!
CON QUE-STO FINAL-MENTE...
FLUSH

ORA DEVO PENSARE SOLO A USCIRE DA QUI.
SLAM
LE VECCHIE PRIGIONI...
COUGH
PENSANDOCI BENE, ALLORA...
C'È POLVERE...
DAN
TAP
TAP
IN FONDO ALLE PRIGIONI C'È UN PASSAGGIO NASCOSTO USATO DALLA SERVITÙ...
ECCOLO!
ANCHE SE ORMAI È SEMIDISTRUTTO...
QUELLA...
TAP
UNA STRADA PER ANIMALI DA CUI PUÒ PASSARE GIUSTO UN PICCOLO DEMONE.
TAP
ALLORA, AKI...
...NON SAPEVA DI ESSERE UN VAMPIRO...

...NON MI RESTA CHE FUGGIRE DA SOLA!
EHM...
TSUBAKIIN ERA COSÌ GRANDE?!
ORMAI SONO PIÙ DI TRE ORE CHE CONTINUO A GIRARE NELLO STESSO POSTO.
ANF
ANF
SIGNIFICA CHE ANCHE SE LE PORTE SONO APERTE NON SI PUÒ SCAPPARE?
DA QUALCHE PARTE IN QUESTO PALAZZO C'È ANCHE ERIYA?
SOLO LA SUA TESTA È VIVA.

FATEMI INCONTRARE IL VENERABILE TSUBAKIIN! LO PREGHERÒ DI PERSONA.
NON È NECESSARIO.
CHE MALE C'È A PRESENTARGLIELO?
...
ANCHE SE NON ERA ANCORA IN GRADO DI CAMMINARE, SI È SFORZATO.
POICHÉ STA RIPOSANDO DI NUOVO, ORA NON PUÒ INCONTRARE NESSUNO.
CAPISCO...
ANCHE IO AVREI VOLUTO PARLARE CON "LUI" DOPO TANTO TEMPO.
FRUSH
GNIIICK
NON È CHIUSO A CHIAVE...
SE NON MI LASCIANO TORNARE...

DAS
IO... NON POSSO ALLONTANARMI DA AKI.
QUESTO LO SO, SCHIAVA.
QUESTA È LA VOLONTÀ DI SUA ECCELLENZA, IL VENERABILE TSUBAKIIN.
HA STABILITO CHE NON È BENE LASCIARE TE, SCHIAVA, ANCORA VICINA AD AKI.
PERCHÉ...
...LUI, CHE È IL TUTORE DI AKI, PRENDE PROVVEDIMENTI CHE LO FANNO SOFFRIRE COSÌ?
WASH

ERIYA... UNA COSA SIMILE...
PER QUESTO AKI STA RACCO-GLIENDO LE STIG-MATA...
MA COSÌ, LUI...
CLACK
TI SEI SVEGLIA-TA.
GULP
COME TI SEN-TI?
M... MI-SHIO.

VOGLIO RICORDARE...
NEL SOGNO POI INCONTRAVO AKI E...
DURANTE LA FESTA HO PERSO DI VISTA AKI E HO INCONTRATO ERIYA... DA LÌ NON RICORDO.
IO SONO INNAMORATA DI ERIYA.
NON RICORDO NEPPURE PERCH
ALLORA GLI HO DETTO COSÌ...
POI...
AKI... HA UCCISO ERIYA?
LE STIGMATA SONO FRAMMENTI DEL CORPO DI ERIYA...
...CHE LORD AKI HA FATTO A PEZZI.
GUARDA CHE LORD ERIYA È VIVO.
EH...

TSUBAKI-IN HA LETTERALMENTE SACRIFICATO GLI ABITANTI DEL VILLAGGIO E GRAZIE A CIÒ...
AH!!
TUTTO BENE? STAI TREMANDO.
IN EFFETTI, TU SEI UNA RAGAZZA.
GGH...
...NON SOLO LORO DUE SI SONO RISVEGLIATI COME VAMPIRI ADULTI...
SI SONO RISVEGLIATE ANCHE LE STIGMATA IMPRESSE NEI LORO CORPI FIN DALLA NASCITA.
IO STO BENE... CONTINUA.
DAVVERO?
ANCHE SE DICI COSÌ, SEMBRA CHE TU NON RICORDI IL SEGUITO.
NON POSSO ACCETTARE DI ESSERE LA SOLA AD AVER VISSUTO FELICEMENTE...
...SOLO PERCHÉ HO DIMENTICATO TUTTO.

SONO SUCCESSE COSÌ TANTE COSE ALL'IMPROVVISO CHE NON CAPISCO BENE...
IL SOGNO DI PRIMA ERANO I MIEI VERI RICORDI?
LI HO UN PO' RIPORTATI ALLA LUCE CON LE MIE ARTI... QUINDI HAI RICORDATO?
CANA...
...TU SETTE ANNI FA SEI STATA PORTATA NEL VILLAGGIO DI TSUBAKIIN DA UN LUOGO CHIAMATO CONVENTO MAGDALA E QUI...
...HAI INCONTRATO LORD ERIYA E... AKI.
ALLA FINE... QUELLA FESTA... CHE COSA MAI...
DECIMO COMPLEANNO DEI DUE VAMPIRI PUROSANGUE...

GRAB
TU...
HA UN'ARIA FAMIGLIA-RE...
NON È SOLO UN EFFETTO DEL SO-GNO...
QUESTO È...
IO...
...SONO INORI, UNO DEGLI TSU-BAKIIN...
SONO STA-TO INCA-RICATO DI PRENDERMI CURA DEL-LA PRIN-CIPESSA SCHIAVA.
LE ORECCHIE...
IO MI TROVO AL PALAZZO TSUBAKI-IN...

MOONPHASE 23
CIÒ CHE ILLUMINA IL LABIRINTO

He's my only vampire

Aya Shouoto

CANA TAKACHIHO
(II ANNO DELLE SUPERIORI)
SCHIAVA DI AKI. HA GRANDE TALENTO PER LO SPORT MA È ESTREMAMENTE INGENUA. VIVE CON IL FRATELLO MINORE MASAYUKI.
AKI KIRITO
AMICO D'INFANZIA DI CANA, È UN VAMPIRO PUROSANGUE. PER IL BENE DEL FRATELLO, ERIYA, PARTECIPA ALLA COMPETIZIONE PER TROVARE LE SETTE *STIGMATA*. POSSESSORE ORIGINARIO DELLA STIGMA DELLA "SUPERBIA".
ERIYA
AMICO D'INFANZIA DI CANA E FRATELLO GEMELLO DI AKI.
SUA ECCELLENZA (VENERABILE TSUBAKIIN)
AUTORITÀ ASSOLUTA CHE MANOVRA NELL'OMBRA IL DESTINO DEGLI TSUBAKIIN. HA CRESCIUTO AKI.
MISHIO
MAGGIORDOMO DI ERIYA AL SERVIZIO DEGLI TSUBAKIN. HA CRESCIUTO AKI.

Character and Story

"SCHIAVA"

CREATURA IMMORTALE DESTINATA PER L'ETERNITÀ A DEDICARE IL PROPRIO CORPO AL VAMPIRO CHE LA POSSIEDE.

QUESTA È LA STORIA DEL VAMPIRO AKI E DELLA SUA SCHIAVA, CANA. AKI È GIUNTO NELLA CITTÀ DI CANA CON UNO SCOPO: RISVEGLIARE SUO FRATELLO ERIYA, PORTANDO A TERMINE UNA GARA, LA RICERCA DELLE SETTE STIGMATA. PER RACCOGLIERE INFORMAZIONI E PROSEGUIRE NELLA GARA, CANA, AKI E JIN FONDANO INSIEME IL "CLUB STRAORDINARIO". IN SEGUITO CANA SI RISVEGLIA COME "VERA SCHIAVA" E AKI RIESCE CON SUCCESSO A IMPOSSESSARSI DI DUE STIGMATA, MA IL PREZZO DA PAGARE È L'ESAURIMENTO DELLE PROPRIE ENERGIE. PER AIUTARLO CANA E GLI ALTRI SI RECANO ALLE TERME NEL CUORE DELLE MONTAGNE, MA LA BREVE PAUSA È INTERROTTA DALL'APPARIZIONE IMPROVVISA DEGLI TSUBAKIIN CHE RAPISCONO CANA. QUESTO FA RECUPERARE ALLA RAGAZZA I RICORDI, FINORA DIMENTICATI, DEL TEMPO TRASCORSO CON AKI ED ERIYA. NEL FRATTEMPO AKI, CHE SI È VISTO PORTARE VIA CANA DAVANTI AI PROPRI OCCHI, DÀ LIBERO SFOGO ALLA PROPRIA FORZA E...

JIN SHIRANUI
(II ANNO DELLE SUPERIORI)

COMPAGNO DI SCUOLA DI CANA, UN VERO E PROPRIO TEPPISTA. IN REALTÀ È UN LICANTROPO. POSSIEDE LA STIGMA DELL'AVIDITÀ.

DEALER (SWALLOW)

GUARDIANO DI AKI E ARBITRO DEL GIOCO DELLA RICERCA DELLE SETTE STIGMATA. LA SUA VERA NATURA È QUELLA DI UN TENGU.

BERNSTEIN ISUKA E HITAKI MIYAJIMA
(III ANNO DELLE SUPERIORI)

PRESIDENTE E VICEPRESIDENTE DEL CONSIGLIO STUDENTESCO DELL'ISTITUTO SANT'AGATA. DETENGONO IL POTERE ASSOLUTO ALL'INTERNO DELLA SCUOLA.

6
Aya Shouoto
He's My Vampire

C O N T E N T S